MIKE MULLIGAN Y SU

MÁQUINA MARAVILLOSA

MIKE MULLIGAN
Y SU
MÁQUINA MARAVILLOSA

CONTADO E ILUSTRADO POR VIRGINIA LEE BURTON

Traducido por Yanitzia Canetti

Houghton Mifflin Company Boston 1997

For information about this and other Houghton Mifflin trade and reference
books and multimedia products, visit The Bookstore at
Houghton Mifflin on the World Wide Web at http://www.hmco.com/trade/.

Manufactured in the United States of America
WOZ 10 9 8 7 6 5 4 3 2 1

A

MIKE

Mike Mulligan tenía una excavadora de vapor,

una roja y hermosa excavadora de vapor.

Se llamaba Mary Anne.

Mike Mulligan estaba muy orgulloso de Mary Anne.

Él siempre decía que ella podía cavar en un día

tanto como cien hombres en una semana,

pero nunca estuvo completamente seguro

de que esto fuera cierto.

3

Mike Mulligan y Mary Anne
habían estado cavando juntos
durante años y años.
Mike Mulligan cuidaba tanto
a Mary Anne
que ella nunca envejecía.

Fueron Mike Mulligan y Mary Anne,
y algunos otros,
quienes cavaron los magníficos canales
para que los grandes barcos
los atravesaran navegando.

Fueron Mike Mulligan
   y Mary Anne,
y algunos otros,
quienes abrieron el paso
entre las altas montañas
para que los trenes
pudieran pasar.

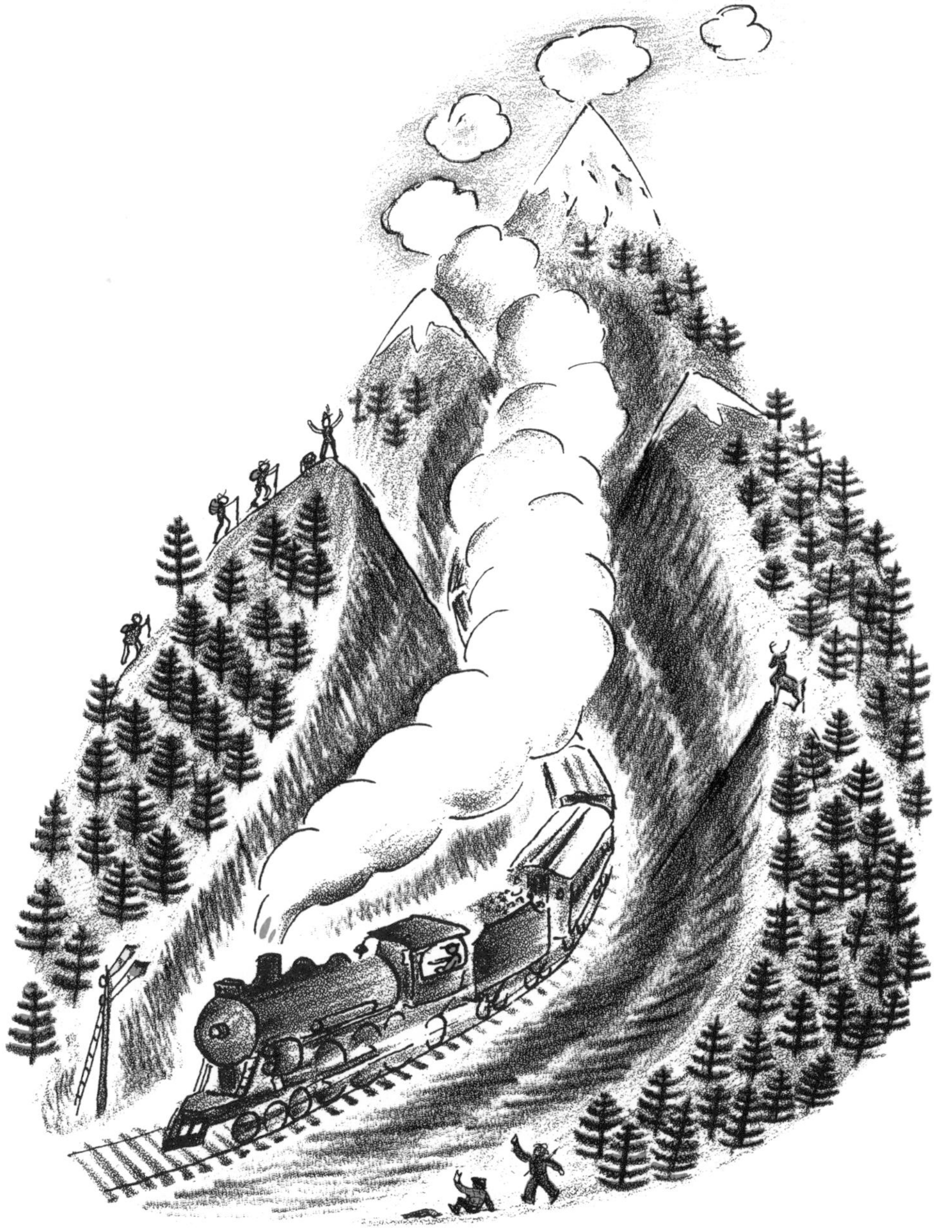

Fueron Mike Mulligan y Mary Anne,
y algunos otros,
quienes rebajaron las colinas
y alinearon las curvas

para hacerles largas autopistas
a los automóviles.

Fueron Mike Mulligan
y Mary Anne,
y algunos otros,
quienes alisaron la tierra
y rellenaron los huecos

para hacerles pistas de aterrizaje
a los aviones.

Y fueron Mike Mulligan
y Mary Anne,
y algunos otros,
quienes cavaron los profundos huecos
para los sótanos
de los altos rascacielos
en las grandes ciudades.
Cuando la gente se detenía
y los miraba,
Mike Mulligan y Mary Anne
solían cavar un poco más rápido
y un poco mejor.
Cuanta más gente se detenía,
más rápido y mejor ellos cavaban.
Algunos días mantenían ocupados
hasta treinta y siete camiones
sacando la tierra que se había excavado.

Pero con el tiempo, llegaron
   las nuevas excavadoras de gasolina
     y las nuevas excavadoras eléctricas
       y las nuevas excavadoras de motor Diesel,
        y les quitaron todos los empleos a las excavadoras de vapor.

Mike Mulligan

y Mary Anne

estaban

MUY

TRISTES.

Todas las otras excavadoras de vapor fueron vendidas para chatarra,
o abandonadas en un viejo hoyo para que se oxidaran y deterioraran.
Mike quería mucho a Mary Anne. No le podía hacer algo así.

16

La había
cuidado tanto
que ella aún podía cavar en un día
tanto como cien hombres
en una semana;
al menos, eso era lo que Mike creía
pero no estaba completamente seguro.
Dondequiera que ellos iban,
las nuevas excavadoras de gasolina
y las nuevas excavadoras eléctricas
y las nuevas excavadoras de motor Diesel
tenían ocupados todos los empleos.
Ya nadie necesitaba a Mike Mulligan y Mary Anne.
Entonces un día, Mike leyó en un periódico que en el pueblo
de Popperville se estaba construyendo un nuevo ayuntamiento.
—Vamos a cavar el sótano de ese ayuntamiento
—le dijo Mike a Mary Anne, y de inmediato se pusieron en marcha.

Dejaron atrás los canales
y las vías del ferrocarril
y las autopistas
y los aeropuertos
y las grandes ciudades
donde ya nadie los necesitaba,
y se fueron lejos al campo.

Avanzaron lentamente,
subiendo y bajando las colinas,
hasta que llegaron al pequeño pueblo
de Popperville.

Cuando llegaron allá, los encargados estaban decidiendo
en ese momento quién cavaría el sótano del nuevo ayuntamiento.

Mike Mulligan habló con Henry B. Swap, uno de los hombres que dirigían.

—Escuché —dijo— que van a construir
un nuevo ayuntamiento. Mary Anne y yo
podríamos cavar el sótano en sólo un día.

—¿Qué? —dijo Henry B. Swap—. ¿Cavar un sótano en un día?
Se necesitarían por lo menos cien hombres para cavar
durante una semana el sótano de nuestro nuevo ayuntamiento.

—Pues sí —dijo Mike—, pero Mary Anne puede cavar
en un día tanto como cien hombres en una semana.

Pero Mike no estaba completamente seguro de que esto fuera cierto.
Entonces añadió:

—Si no lo podemos lograr, no nos tendrá que pagar.

Henry B. Swap pensó que aquello era una forma fácil
de cavar parte del sótano sin tener que gastar nada,
así que sonrió de una manera bastante malvada
y les dio el trabajo de cavar el sótano del nuevo ayuntamiento
a Mike Mulligan y Mary Anne.

21

Comenzaron a trabajar

a la mañana siguiente, bien tempranito,

apenas el sol se empezaba a asomar,

y muy pronto un niñito se acercó al lugar.

—¿Creen que terminarán cuando caiga el sol?

—le preguntó a Mike Mulligan.

—Claro que sí —contestó Mike—, pero quédate y míranos.

Siempre trabajamos más rápido y mejor

cuando alguien nos está mirando.

Entonces el niñito se quedó a mirarlos.

23

Luego doña McGillicuddy,
Henry B. Swap,
y el alguacil del pueblo
fueron a ver
qué estaba pasando,
y se quedaron a mirar.

Mike Mulligan
y Mary Anne
cavaron un poco más rápido
y un poco mejor.

Esto le dio al niñito una buena idea.

Salió corriendo y avisó al cartero con su correo matutino,

al chico del telégrafo en su bicicleta,

al lechero con su carrito y su caballo,

al doctor en su carricoche,

y al granjero y su familia

que venían al pueblo por el día,

y todos ellos se detuvieron y se quedaron a mirar.

Esto hizo que Mike Mulligan y Mary Anne

cavaran un poco más rápido y un poco mejor.

Y así terminaron la primera esquina

impecablemente bien hecha...

pero el sol ya casi estaba en lo más alto del cielo.

¡Talán! ¡Talán! ¡Talán!

Llegó el carro de los bomberos.

Ellos habían visto el humo

y creyeron que algo se quemaba.

Entonces el niñito les dijo:

—¿Por qué no se quedan a mirar?

Y todos los bomberos de Popperville

se quedaron a mirar a Mike Mulligan y Mary Anne.

Cuando los niños de la escuela de enfrente

escucharon al carro de los bomberos,

no pudieron concentrarse en la clase. La maestra les dio

un largo receso y la escuela entera salió a mirar.

Eso hizo que Mike Mulligan y Mary Anne

cavaran aún más rápido y aún mejor.

Ellos terminaron la segunda esquina impecablemente bien hecha,
pero el sol ya estaba justo en la cima del cielo.

29

Entonces la chica que contestaba
el teléfono llamó a los pueblos vecinos
de Bangerville y Bopperville y
Kipperville y Kopperville y les contó
lo que estaba pasando en Popperville.
Toda la gente vino a ver si
Mike Mulligan y su excavadora de vapor podían
cavar aquel sótano en tan sólo un día.
Cuanto más gente se acercaba,
más rápido Mike Mulligan y Mary Anne cavaban.
Pero se tendrían que apurar.
Sólo iban por la mitad
y ya el sol comenzaba a caer.

Terminaron la tercera esquina... impecablemente bien hecha.

31

Nunca Mike Mulligan y Mary Anne
habían tenido tanta gente mirándolos;
nunca antes ellos habían cavado tan rápido y tan bien;
y nunca les había parecido
que el sol bajara tan rápido.
—¡Apúrate, Mike Mulligan!
¡Apúrate! ¡Apúrate!
—gritaba el niñito—.
¡Ya casi no te queda tiempo!
La tierra estaba volando por todas partes,
y el humo y el vapor eran tan espesos
que la gente apenas podía ver algo.
¡Pero escuchen!

¡PIM! ¡PAM! ¡CRACH! ¡PLAF!
MÁS FUERTE Y MÁS FUERTE.
MÁS RÁPIDO Y
MÁS RÁPIDO.

De pronto hubo un gran silencio.
Lentamente, la tierra se asentó.
El humo y el vapor se disiparon,
y allí estaba el sótano
completamente terminado.

Las cuatro esquinas... impecablemente bien hechas;
las cuatro paredes... derechitas hacia abajo,
y Mike Mulligan y Mary Anne estaban al fondo.
El sol se estaba ocultando en ese instante tras la colina.
—¡Viva! —gritaba la gente—. ¡Viva Mike Mulligan
y su excavadora de vapor! ¡Lograron cavar el sótano en sólo un día!

De pronto, el niñito dijo:

—¿Y ahora cómo van a salir?

—Es cierto —le dijo doña McGillicuddy
a Henry B. Swap—. ¿Cómo él va a lograr
sacar su excavadora de vapor?

Henry B. Swap no contestó nada,
pero sonrió de una manera bastante malvada.

Entonces todos dijeron:

—¿Cómo van a lograr salir?
¡Oye! ¡Mike Mulligan!
¿Cómo vas a lograr sacar
tu excavadora de vapor?

Mike Mulligan
miró a su alrededor,
vio las cuatro paredes perfectas,
    vio las cuatro esquinas perfectas,
        y dijo:
            —¡Hemos cavado tan rápido
            y hemos cavado tan bien
                que nos hemos olvidado completamente
                de dejar una vía de salida!
                    Nunca antes a Mike Mulligan y Mary Anne
                        les había ocurrido algo parecido,
                            y por eso no sabían qué hacer.

37

Tampoco nunca antes
en Popperville
había ocurrido algo parecido.
Todos comenzaron
a hablar a la vez,
y todos tenían
una idea diferente,
y todos pensaban
que su idea era la mejor.
Hablaron y hablaron
y discutieron y se pelearon
hasta que se cansaron,
y aún nadie sabía cómo sacar
a Mike Mulligan y Mary Anne
del sótano que habían cavado.
Entonces Henry B. Swap dijo:
—El trabajo no ha terminado porque
Mary Anne no está fuera del sótano,
por tanto, Mike Mulligan no recibirá su pago.
Y sonrió otra vez de una manera bastante malvada.

Y el niñito,
que había permanecido callado,
tuvo otra buena idea.
Dijo:
—¿Por qué no dejamos a Mary Anne en el sótano
y construimos el nuevo ayuntamiento sobre ella?
Podría ser la caldera de calefacción del nuevo ayuntamiento*
y Mike Mulligan podría ser el conserje.
Así ustedes no tendrían que comprar una nueva calefacción
y le podríamos pagar a Mike Mulligan
por haber cavado el sótano
en sólo un día.

*Agradecimientos a Dickie Birkenbush.

—¿Por qué no? —dijo Henry B. Swap,

y sonrió de una manera

que no era totalmente malvada.

—¿Por qué no? —dijo doña McGillicuddy.

—¿Por qué no? —dijo el alguacil del pueblo.

—¿Por qué no? —dijo toda la gente.

Y entonces hallaron una escalera

y bajaron al sótano

para consultarle a Mike Mulligan y Mary Anne.

—¿Por qué no? —dijo Mike Mulligan.
Y así se resolvió el problema
y todos quedaron contentos.

Ellos empezaron a construir el nuevo ayuntamiento
justo encima de Mike Mulligan y Mary Anne.
Estuvo terminado antes del invierno.

Cada día, el niñito iba allí para ver
a Mike Mulligan y Mary Anne,
y doña McGillicuddy le llevaba a Mike
sabrosos y calientes pasteles de manzana.
Y en cuanto a Henry B. Swap,
él se pasa la mayor parte del tiempo en el sótano
del nuevo ayuntamiento escuchando las historias
que Mike Mulligan tiene para contar,
y sonríe de una manera que no es nada malvada.

Ahora cuando tú vayas a Popperville,
asegúrate de bajar al sótano
    del nuevo ayuntamiento.
    Allí estarán ellos,
        Mike Mulligan y Mary Anne...
    Mike en su mecedora
        fumando su pipa,
        y Mary Anne a su lado,
            calentando las reuniones
            en el nuevo ayuntamiento.